我的第一本
韓語40音
字母記憶＋手寫練習

全書音檔下載導向頁面

https://globalv.com.tw/mp3-download-9789864544295/

掃描QR碼進入網頁後，按「全書音檔下載請按此」連結，可一次性下載全書音檔壓縮檔，也可點選檔名線上播放。
iOS系統請升級至iOS 13後版本再行下載，此為大型檔案，建議使用WIFI連線下載，以免占用流量，
並請確認連線狀況，以利下載順暢。

前言

　　韓文是由 14 個基本子音、10 個基本母音、雙子音與雙母音結合組成的文字。目前韓文組合而成的文字約有 11,170 字，我們使用的文字主要約占其中的 30%。本書的構成以實際生活中經常使用的韓語為基礎內容，並以以下幾點為研發中心。

- 以韓文的子音與母音為基礎，組成基本學習內容。
- 提示韓文的筆畫順序，奠定正確書寫韓文的紮實基礎。
- 為了讓讀者透過反覆書寫練習的過程自然學會韓文字母，設計了許多書寫版面。
- 以韓國日常生活中經常使用的字或單詞為中心編寫而成。
- 減少使用頻率較低的內容，僅收錄讀者一定要會的基礎內容。

　　學習語言也是學習文化，且能成為擴展思考的契機。由於本書為韓文學習之基礎教材，若仔細了解內容，除了韓文以外，同時也能充分了解韓國的文化精神。

作者 權容璿

目次

前言

第1章	子音	5
第2章	母音	9
第3章	雙子音與雙母音	13
第4章	音節表	17
第5章	子音與雙母音	39
第6章	主題單字	63

韓語40音表

ㄱ g.k	ㄴ n	ㄷ t.d	ㄹ r.l	ㅁ m
ㅂ b.p	ㅅ s	ㅇ [X]	ㅈ j.ch	ㅋ k
ㅌ t	ㅍ p	ㅊ ch	ㅎ h	ㄲ kk
ㄸ tt	ㅃ pp	ㅆ ss	ㅉ jj	ㅏ a
ㅓ eo	ㅗ o	ㅜ u	ㅡ eu	ㅣ i
ㅔ e	ㅐ ae	ㅑ ya	ㅕ yeo	ㅛ yo
ㅠ yu	ㅖ ye	ㅒ yae	ㅚ oe	ㅘ wa
ㅙ wae	ㅟ wi	ㅝ wo	ㅞ we	ㅢ ui

★韓語是由子音和母音組成，共有19個子音和21個母音。
★子音中有14個基本子音和5個雙子音。
★母音中有10個基本母音，其餘的11個母音是由基本母音變化、組合而成。

第一章

子音

01 子音

月　日

讀 子音

ㄱ	ㄴ	ㄷ	ㄹ	ㅁ
기역(Giyeok)	니은(Nieun)	디귿(Digeut)	리을(Rieul)	미음(Mieum)
ㅂ	ㅅ	ㅇ	ㅈ	ㅊ
비읍(Bieup)	시옷(Siot)	이응(Ieung)	지읒(Jieut)	치읓(Chieut)
ㅋ	ㅌ	ㅍ	ㅎ	
키읔(Kieuk)	티읕(Tieut)	피읖(Pieup)	히읗(Hieut)	

寫 子音

ㄱ	ㄴ	ㄷ	ㄹ	ㅁ
기역(Giyeok)	니은(Nieun)	디귿(Digeut)	리을(Rieul)	미음(Mieum)
ㅂ	ㅅ	ㅇ	ㅈ	ㅊ
비읍(Bieup)	시옷(Siot)	이응(Ieung)	지읒(Jieut)	치읓(Chieut)
ㅋ	ㅌ	ㅍ	ㅎ	
키읔(Kieuk)	티읕(Tieut)	피읖(Pieup)	히읗(Hieut)	

02 子音

月　　日

熟悉 子音

請依照筆畫順序書寫下列子音。

子音	名稱	筆畫順序	英文標記	寫
ㄱ	기역		Giyeok	ㄱ
ㄴ	니은		Nieun	ㄴ
ㄷ	디귿		Digeut	ㄷ
ㄹ	리을		Rieul	ㄹ
ㅁ	미음		Mieum	ㅁ
ㅂ	비읍		Bieup	ㅂ
ㅅ	시옷		Siot	ㅅ
ㅇ	이응		Ieung	ㅇ
ㅈ	지읒		Jieut	ㅈ
ㅊ	치읓		Chieut	ㅊ
ㅋ	키읔		Kieuk	ㅋ
ㅌ	티읕		Tieut	ㅌ
ㅍ	피읖		Pieup	ㅍ
ㅎ	히읗		Hieut	ㅎ

第一章 子音　7

 自我練習

月　日

第二章

母音

01 母音

讀 母音

ㅏ	ㅑ	ㅓ	ㅕ	ㅗ
아(A)	야(Ya)	어(Eo)	여(Yeo)	오(O)
ㅛ	ㅜ	ㅠ	ㅡ	ㅣ
요(Yo)	우(U)	유(Yu)	으(Eu)	이(I)

寫 母音

ㅏ	ㅑ	ㅓ	ㅕ	ㅗ
아(A)	야(Ya)	어(Eo)	여(Yeo)	오(O)
ㅛ	ㅜ	ㅠ	ㅡ	ㅣ
요(Yo)	우(U)	유(Yu)	으(Eu)	이(I)

02 母音

月　　日

熟悉 母音

請依照筆畫順序書寫下列母音。

子音	名稱	筆畫順序	英文標記	寫				
ㅏ	아	ㅏ	A	ㅏ				
ㅑ	야	ㅑ	Ya	ㅑ				
ㅓ	어	ㅓ	Eo	ㅓ				
ㅕ	여	ㅕ	Yeo	ㅕ				
ㅗ	오	ㅗ	O	ㅗ				
ㅛ	요	ㅛ	Yo	ㅛ				
ㅜ	우	ㅜ	U	ㅜ				
ㅠ	유	ㅠ	Yu	ㅠ				
ㅡ	으	ㅡ	Eu	ㅡ				
ㅣ	이	ㅣ	I	ㅣ				

第二章 母音

 自我練習

月　日

第三章

雙子音與
雙母音

# 01 雙子音

月　　日

讀 雙子音

ㄲ	ㄸ	ㅃ	ㅆ	ㅉ
쌍기역 (Ssanggiyeok)	쌍디귿 (Ssangdigeut)	쌍비읍 (Ssangbieup)	쌍시옷 (Ssangsiot)	쌍지읒 (Ssangjieut)

寫 雙子音

ㄲ	ㄸ	ㅃ	ㅆ	ㅉ
쌍기역 (Ssanggiyeok)	쌍디귿 (Ssangdigeut)	쌍비읍 (Ssangbieup)	쌍시옷 (Ssangsiot)	쌍지읒 (Ssangjieut)

熟悉 雙子音

請依照筆畫順序正確書寫下列雙子音。

子音	名稱	筆畫順序	英文標記	寫
ㄲ	쌍기역	ㄲ	Ssanggiyeok	ㄲ
ㄸ	쌍디귿	ㄸ	Ssangdigeut	ㄸ
ㅃ	쌍비읍	ㅃ	Ssangbieup	ㅃ
ㅆ	쌍시옷	ㅆ	Ssangsiot	ㅆ
ㅉ	쌍지읒	ㅉ	Ssangjieut	ㅉ

01 雙母音

讀 雙母音

ㅐ	ㅔ	ㅒ	ㅖ	ㅘ
애(Ae)	에(E)	얘(Yae)	예(Ye)	와(Wa)
ㅙ	ㅚ	ㅝ	ㅞ	ㅟ
왜(Wae)	외(Oe)	워(Wo)	웨(We)	위(Wi)
ㅢ				
의(Ui)				

寫 雙母音

애(Ae)	에(E)	얘(Yae)	예(Ye)	와(Wa)
왜(Wae)	외(Oe)	워(Wo)	웨(We)	위(Wi)
의(Ui)				

第三章 雙子音與雙母音

02 雙母音

月　　日

二 熟悉 雙母音

請依照筆畫順序正確書寫下列雙母音。

子音	名稱	筆畫順序	英文標記	寫
ㅐ	애	ㅐ	Ae	ㅐ
ㅔ	에	ㅔ	E	ㅔ
ㅒ	얘	ㅒ	Yae	ㅒ
ㅖ	예	ㅖ	Ye	ㅖ
ㅘ	와	ㅘ	Wa	ㅘ
ㅙ	왜	ㅙ	Wae	ㅙ
ㅚ	외	ㅚ	Oe	ㅚ
ㅝ	워	ㅝ	Wo	ㅝ
ㅞ	웨	ㅞ	We	ㅞ
ㅟ	위	ㅟ	Wi	ㅟ
ㅢ	의	ㅢ	Ui	ㅢ

16

第四章

音節表

01 子音＋母音（ㅏ）

月　日

一 讀 子音＋母音（ㅏ）

가	나	다	라	마
Ga	Na	Da	Ra	Ma
바	사	아	자	차
Ba	Sa	A	Ja	Cha
카	타	파	하	
Ka	Ta	Pa	Ha	

二 寫 子音＋母音（ㅏ）

가	나	다	라	마
Ga	Na	Da	Ra	Ma
바	사	아	자	차
Ba	Sa	A	Ja	Cha
카	타	파	하	
Ka	Ta	Pa	Ha	

18

01 子音＋母音（ㅏ）

月　　日

熟悉 子音＋母音（ㅏ）

請依照筆畫順序正確書寫下列子音＋母音（ㅏ）。

子音＋母音(ㅏ)	字	筆畫順序	英文標記	寫
ㄱ＋ㅏ	가	가	Ga	가
ㄴ＋ㅏ	나	나	Na	나
ㄷ＋ㅏ	다	다	Da	다
ㄹ＋ㅏ	라	라	Ra	라
ㅁ＋ㅏ	마	마	Ma	마
ㅂ＋ㅏ	바	바	Ba	바
ㅅ＋ㅏ	사	사	Sa	사
ㅇ＋ㅏ	아	아	A	아
ㅈ＋ㅏ	자	자	Ja	자
ㅊ＋ㅏ	차	차	Cha	차
ㅋ＋ㅏ	카	카	Ka	카
ㅌ＋ㅏ	타	타	Ta	타
ㅍ＋ㅏ	파	파	Pa	파
ㅎ＋ㅏ	하	하	Ha	하

第四章 音節表

02 子音＋母音（ㅓ）

讀 子音＋母音（ㅓ）

거	너	더	러	머
Geo	Neo	Deo	Reo	Meo
버	서	어	저	처
Beo	Seo	Eo	Jeo	Cheo
커	터	퍼	허	
Keo	Teo	Peo	Heo	

寫 子音＋母音（ㅓ）

거	너	더	러	머
Geo	Neo	Deo	Reo	Meo
버	서	어	저	처
Beo	Seo	Eo	Jeo	Cheo
커	터	퍼	허	
Keo	Teo	Peo	Heo	

20

02 子音＋母音（ㅓ）

月　　日

熟悉 子音＋母音（ㅓ）

請依照筆畫順序正確書寫下列子音＋母音（ㅓ）。

子音＋母音(ㅓ)	字	筆畫順序	英文標記	寫
ㄱ＋ㅓ	거	거	Geo	거
ㄴ＋ㅓ	너	너	Neo	너
ㄷ＋ㅓ	더	더	Deo	더
ㄹ＋ㅓ	러	러	Reo	러
ㅁ＋ㅓ	머	머	Meo	머
ㅂ＋ㅓ	버	버	Beo	버
ㅅ＋ㅓ	서	서	Seo	서
ㅇ＋ㅓ	어	어	Eo	어
ㅈ＋ㅓ	저	저	Jeo	저
ㅊ＋ㅓ	처	처	Cheo	처
ㅋ＋ㅓ	커	커	Keo	커
ㅌ＋ㅓ	터	터	Teo	터
ㅍ＋ㅓ	퍼	퍼	Peo	퍼
ㅎ＋ㅓ	허	허	Heo	허

03 子音＋母音（ㅗ）

月　　日

讀 子音＋母音（ㅗ）

고	노	도	로	모
Go	No	Do	Ro	Mo
보	소	오	조	초
Bo	So	O	Jo	Cho
코	토	포	호	
Ko	To	Po	Ho	

寫 子音＋母音（ㅗ）

고	노	도	로	모
Go	No	Do	Ro	Mo
보	소	오	조	초
Bo	So	O	Jo	Cho
코	토	포	호	
Ko	To	Po	Ho	

03 子音＋母音（ㅗ）

月　　日

熟悉 子音＋母音（ㅗ）

請依照筆畫順序正確書寫下列子音＋母音（ㅗ）。

子音＋母音(ㅗ)	字	筆畫順序	英文標記	寫
ㄱ＋ㅗ	고	고	Go	고
ㄴ＋ㅗ	노	노	No	노
ㄷ＋ㅗ	도	도	Do	도
ㄹ＋ㅗ	로	로	Ro	로
ㅁ＋ㅗ	모	모	Mo	모
ㅂ＋ㅗ	보	보	Bo	보
ㅅ＋ㅗ	소	소	So	소
ㅇ＋ㅗ	오	오	O	오
ㅈ＋ㅗ	조	조	Jo	조
ㅊ＋ㅗ	초	초	Cho	초
ㅋ＋ㅗ	코	코	Ko	코
ㅌ＋ㅗ	토	토	To	토
ㅍ＋ㅗ	포	포	Po	포
ㅎ＋ㅗ	호	호	Ho	호

第四章 音節表 • 23

04 子音+母音（ㅜ）

月　　日

讀 子音+母音（ㅜ）

구	누	두	루	무
Gu	Nu	Du	Ru	Mu
부	수	우	주	추
Bu	Su	U	Ju	Chu
쿠	투	푸	후	
Ku	Tu	Pu	Hu	

寫 子音+母音（ㅜ）

구	누	두	루	무
Gu	Nu	Du	Ru	Mu
부	수	우	주	추
Bu	Su	U	Ju	Chu
쿠	투	푸	후	
Ku	Tu	Pu	Hu	

04 子音＋母音（ㅜ）

月　　日

二 熟悉 子音＋母音（ㅜ）

請依照筆畫順序正確書寫下列子音＋母音（ㅜ）。

子音＋母音(ㅜ)	字	筆畫順序	英文標記	寫
ㄱ＋ㅜ	구	구	Gu	구
ㄴ＋ㅜ	누	누	Nu	누
ㄷ＋ㅜ	두	두	Du	두
ㄹ＋ㅜ	루	루	Ru	루
ㅁ＋ㅜ	무	무	Mu	무
ㅂ＋ㅜ	부	부	Bu	부
ㅅ＋ㅜ	수	수	Su	수
ㅇ＋ㅜ	우	우	U	우
ㅈ＋ㅜ	주	주	Ju	주
ㅊ＋ㅜ	추	추	Chu	추
ㅋ＋ㅜ	쿠	쿠	Ku	쿠
ㅌ＋ㅜ	투	투	Tu	투
ㅍ＋ㅜ	푸	푸	Pu	푸
ㅎ＋ㅜ	후	후	Hu	후

第四章 音節表 • 25

05 子音＋母音（一）

月　日

讀 子音＋母音（一）

그	느	드	르	므
Geu	Neu	Deu	Reu	Meu
브	스	으	즈	츠
Beu	Seu	Eu	Jeu	Cheu
크	트	프	흐	
Keu	Teu	Peu	Heu	

寫 子音＋母音（一）

그	느	드	르	므
Geu	Neu	Deu	Reu	Meu
브	스	으	즈	츠
Beu	Seu	Eu	Jeu	Cheu
크	트	프	흐	
Keu	Teu	Peu	Heu	

26

05 子音＋母音（一）

月　　日

熟悉 子音＋母音（一）

請依照筆畫順序正確書寫下列子音＋母音（一）。

子音＋母音(一)	字	筆畫順序	英文標記	寫
ㄱ＋ㅡ	그	그	Geu	그
ㄴ＋ㅡ	느	느	Neu	느
ㄷ＋ㅡ	드	드	Deu	드
ㄹ＋ㅡ	르	르	Reu	르
ㅁ＋ㅡ	므	므	Meu	므
ㅂ＋ㅡ	브	브	Beu	브
ㅅ＋ㅡ	스	스	Seu	스
ㅇ＋ㅡ	으	으	Eu	으
ㅈ＋ㅡ	즈	즈	Jeu	즈
ㅊ＋ㅡ	츠	츠	Cheu	츠
ㅋ＋ㅡ	크	크	Keu	크
ㅌ＋ㅡ	트	트	Teu	트
ㅍ＋ㅡ	프	프	Peu	프
ㅎ＋ㅡ	흐	흐	Heu	흐

第四章 音節表

06 子音＋母音（ㅑ）

月　　日

讀 子音＋母音（ㅑ）

갸	냐	댜	랴	먀
Gya	Nya	Dya	Rya	Mya
뱌	샤	야	쟈	챠
Bya	Sya	Ya	Jya	Chya
캬	탸	퍄	햐	
Kya	Tya	Pya	Hya	

寫 子音＋母音（ㅑ）

갸	냐	댜	랴	먀
Gya	Nya	Dya	Rya	Mya
뱌	샤	야	쟈	챠
Bya	Sya	Ya	Jya	Chya
캬	탸	퍄	햐	
Kya	Tya	Pya	Hya	

28

06 子音＋母音（ㅑ）

月　　日

熟悉 子音＋母音（ㅑ）

請依照筆畫順序正確書寫下列子音＋母音（ㅑ）。

子音＋母音(ㅑ)	字	筆畫順序	英文標記	寫
ㄱ＋ㅑ	갸	갸	Gya	갸
ㄴ＋ㅑ	냐	냐	Nya	냐
ㄷ＋ㅑ	댜	댜	Dya	댜
ㄹ＋ㅑ	랴	랴	Rya	랴
ㅁ＋ㅑ	먀	먀	Mya	먀
ㅂ＋ㅑ	뱌	뱌	Bya	뱌
ㅅ＋ㅑ	샤	샤	Sya	샤
ㅇ＋ㅑ	야	야	Ya	야
ㅈ＋ㅑ	쟈	쟈	Jya	쟈
ㅊ＋ㅑ	챠	챠	Chya	챠
ㅋ＋ㅑ	캬	캬	Kya	캬
ㅌ＋ㅑ	탸	탸	Tya	탸
ㅍ＋ㅑ	퍄	퍄	Pya	퍄
ㅎ＋ㅑ	햐	햐	Hya	햐

07 子音＋母音（ㅕ）

月　　日

讀 子音＋母音（ㅕ）

겨	녀	뎌	려	며
Gyeo	Nyeo	Dyeo	Ryeo	Myeo
벼	셔	여	져	쳐
Byeo	Syeo	Yeo	Jyeo	Chyeo
켜	텨	펴	혀	
Kyeo	Tyeo	Pyeo	Hyeo	

寫 子音＋母音（ㅕ）

겨	녀	뎌	려	며
Gyeo	Nyeo	Dyeo	Ryeo	Myeo
벼	셔	여	져	쳐
Byeo	Syeo	Yeo	Jyeo	Chyeo
켜	텨	펴	혀	
Kyeo	Tyeo	Pyeo	Hyeo	

 **07 子音＋母音（ㅕ）**

月　　日

熟悉 子音＋母音（ㅕ）

請依照筆畫順序正確書寫下列子音＋母音（ㅕ）。

子音＋母音(ㅕ)	字	筆畫順序	英文標記	寫
ㄱ＋ㅕ	겨	겨	Gyeo	겨
ㄴ＋ㅕ	녀	녀	Nyeo	녀
ㄷ＋ㅕ	뎌	뎌	Dyeo	뎌
ㄹ＋ㅕ	려	려	Ryeo	려
ㅁ＋ㅕ	며	며	Myeo	며
ㅂ＋ㅕ	벼	벼	Byeo	벼
ㅅ＋ㅕ	셔	셔	Syeo	셔
ㅇ＋ㅕ	여	여	Yeo	여
ㅈ＋ㅕ	져	져	Jyeo	져
ㅊ＋ㅕ	쳐	쳐	Chyeo	쳐
ㅋ＋ㅕ	켜	켜	Kyeo	켜
ㅌ＋ㅕ	텨	텨	Tyeo	텨
ㅍ＋ㅕ	펴	펴	Pyeo	펴
ㅎ＋ㅕ	혀	혀	Hyeo	혀

第四章 音節表 • 31

 **08 子音＋母音（ㅛ）**

讀 子音＋母音（ㅛ）

교	뇨	됴	료	묘
Gyo	Nyo	Dyo	Ryo	Myo
뵤	쇼	요	죠	쵸
Byo	Syo	Yo	Jyo	Chyo
쿄	툐	표	효	
Kyo	Tyo	Pyo	Hyo	

寫 子音＋母音（ㅛ）

교	뇨	됴	료	묘
Gyo	Nyo	Dyo	Ryo	Myo
뵤	쇼	요	죠	쵸
Byo	Syo	Yo	Jyo	Chyo
쿄	툐	표	효	
Kyo	Tyo	Pyo	Hyo	

32

08 子音＋母音（ㅛ）

月　　日

熟悉 子音＋母音（ㅛ）

請依照筆畫順序正確書寫下列子音＋母音（ㅛ）。

子音＋母音(ㅛ)	字	筆畫順序	英文標記	寫
ㄱ＋ㅛ	교		Gyo	교
ㄴ＋ㅛ	뇨		Nyo	뇨
ㄷ＋ㅛ	됴		Dyo	됴
ㄹ＋ㅛ	료		Ryo	료
ㅁ＋ㅛ	묘		Myo	묘
ㅂ＋ㅛ	뵤		Byo	뵤
ㅅ＋ㅛ	쇼		Syo	쇼
ㅇ＋ㅛ	요		Yo	요
ㅈ＋ㅛ	죠		Jyo	죠
ㅊ＋ㅛ	쵸		Chyo	쵸
ㅋ＋ㅛ	쿄		Kyo	쿄
ㅌ＋ㅛ	툐		Tyo	툐
ㅍ＋ㅛ	표		Pyo	표
ㅎ＋ㅛ	효		Hyo	효

第四章 音節表 • 33

 **09 子音＋母音（ㅠ）**

讀 子音＋母音（ㅠ）

규	뉴	듀	류	뮤
Gyu	Nyu	Dyu	Ryu	Myu
뷰	슈	유	쥬	츄
Byu	Syu	Yu	Jyu	Chyu
큐	튜	퓨	휴	
Kyu	Tyu	Pyu	Hyu	

寫 子音＋母音（ㅠ）

규	뉴	듀	류	뮤
Gyu	Nyu	Dyu	Ryu	Myu
뷰	슈	유	쥬	츄
Byu	Syu	Yu	Jyu	Chyu
큐	튜	퓨	휴	
Kyu	Tyu	Pyu	Hyu	

09 子音＋母音（ㅠ）

月　日

熟悉 子音＋母音（ㅠ）

請依照筆畫順序正確書寫下列子音＋母音（ㅠ）。

子音＋母音(ㅠ)	字	筆畫順序	英文標記	寫
ㄱ＋ㅠ	규	규	Gyu	규
ㄴ＋ㅠ	뉴	뉴	Nyu	뉴
ㄷ＋ㅠ	듀	듀	Dyu	듀
ㄹ＋ㅠ	류	류	Ryu	류
ㅁ＋ㅠ	뮤	뮤	Myu	뮤
ㅂ＋ㅠ	뷰	뷰	Byu	뷰
ㅅ＋ㅠ	슈	슈	Syu	슈
ㅇ＋ㅠ	유	유	Yu	유
ㅈ＋ㅠ	쥬	쥬	Jyu	쥬
ㅊ＋ㅠ	츄	츄	Chyu	츄
ㅋ＋ㅠ	큐	큐	Kyu	큐
ㅌ＋ㅠ	튜	튜	Tyu	튜
ㅍ＋ㅠ	퓨	퓨	Pyu	퓨
ㅎ＋ㅠ	휴	휴	Hyu	휴

第四章 音節表 • 35

10 子音＋母音（ㅣ）

月　　日

讀 子音＋母音（ㅣ）

기	니	디	리	미
Gi	Ni	Di	Ri	Mi
비	시	이	지	치
Bi	Si	I	Ji	Chi
키	티	피	히	
Ki	Ti	Pi	Hi	

寫 子音＋母音（ㅣ）

기	니	디	리	미
Gi	Ni	Di	Ri	Mi
비	시	이	지	치
Bi	Si	I	Ji	Chi
키	티	피	히	
Ki	Ti	Pi	Hi	

10 子音＋母音（ㅣ）

熟悉 子音＋母音（ㅣ）

請依照筆畫順序正確書寫下列子音＋母音（ㅣ）。

子音＋母音(ㅣ)	字	筆畫順序	英文標記	寫
ㄱ＋ㅣ	기	기	Gi	기
ㄴ＋ㅣ	니	니	Ni	니
ㄷ＋ㅣ	디	디	Di	디
ㄹ＋ㅣ	리	리	Ri	리
ㅁ＋ㅣ	미	미	Mi	미
ㅂ＋ㅣ	비	비	Bi	비
ㅅ＋ㅣ	시	시	Si	시
ㅇ＋ㅣ	이	이	I	이
ㅈ＋ㅣ	지	지	Ji	지
ㅊ＋ㅣ	치	치	Chi	치
ㅋ＋ㅣ	키	키	Ki	키
ㅌ＋ㅣ	티	티	Ti	티
ㅍ＋ㅣ	피	피	Pi	피
ㅎ＋ㅣ	히	히	Hi	히

自我練習

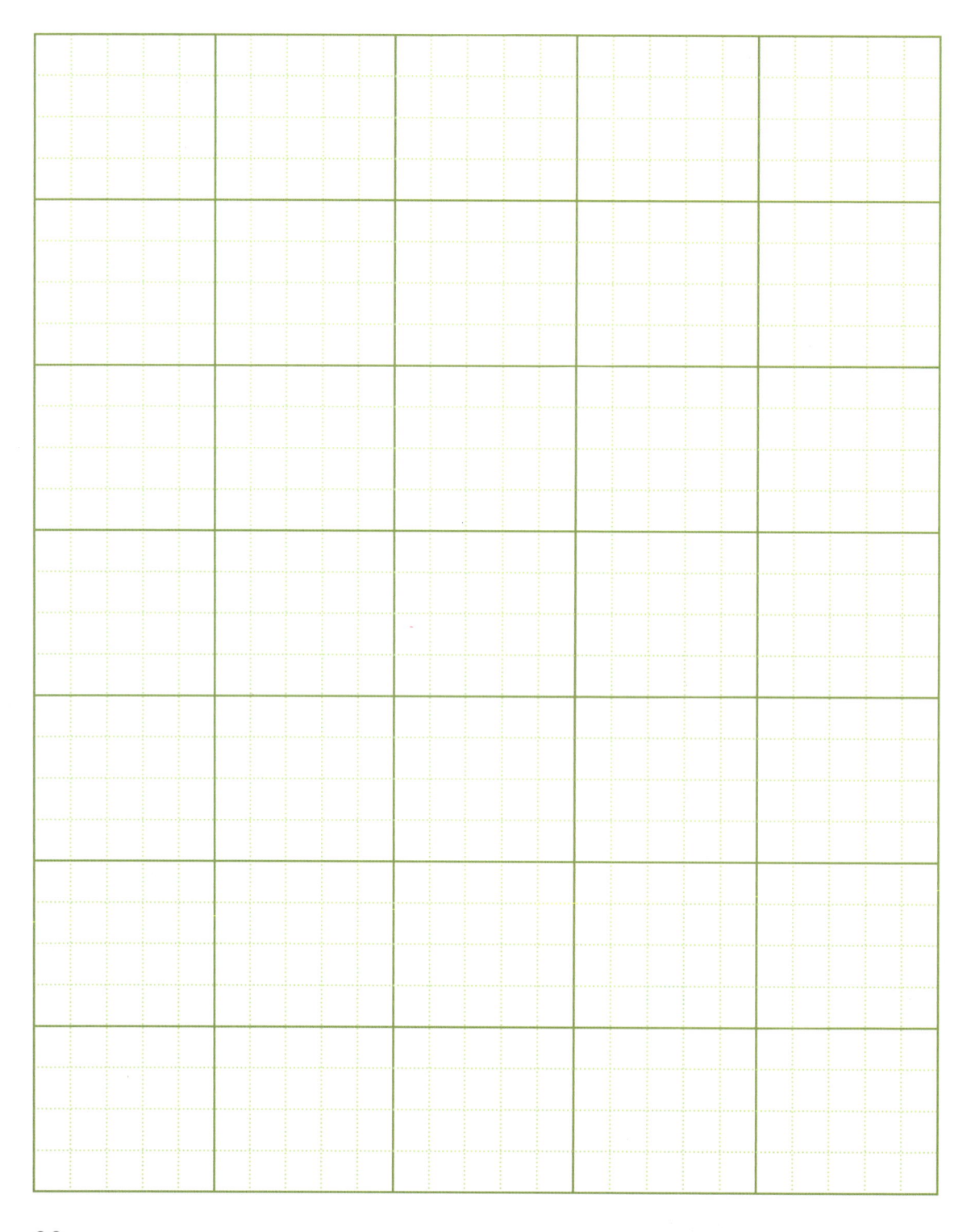

月　日

第五章

子音與雙母音

01 子音＋雙母音（ㅐ）

子音＋雙母音（ㅐ）

請依照筆畫順序正確書寫下列子音＋雙母音（ㅐ）。

子音＋雙母音(ㅐ)	字	英文標記	寫
ㄱ＋ㅐ	개	Gae	개
ㄴ＋ㅐ	내	Nae	내
ㄷ＋ㅐ	대	Dae	대
ㄹ＋ㅐ	래	Rae	래
ㅁ＋ㅐ	매	Mae	매
ㅂ＋ㅐ	배	Bae	배
ㅅ＋ㅐ	새	Sae	새
ㅇ＋ㅐ	애	Ae	애
ㅈ＋ㅐ	재	Jae	재
ㅊ＋ㅐ	채	Chae	채
ㅋ＋ㅐ	캐	Kae	캐
ㅌ＋ㅐ	태	Tae	태
ㅍ＋ㅐ	패	Pae	패
ㅎ＋ㅐ	해	Hae	해

02 子音＋雙母音（ㅔ）

子音＋雙母音（ㅔ）

請依照筆畫順序正確書寫下列子音＋雙母音（ㅔ）。

子音＋雙母音(ㅔ)	字	英文標記	寫
ㄱ＋ㅔ	게	Ge	게
ㄴ＋ㅔ	네	Ne	네
ㄷ＋ㅔ	데	De	데
ㄹ＋ㅔ	레	Re	레
ㅁ＋ㅔ	메	Me	메
ㅂ＋ㅔ	베	Be	베
ㅅ＋ㅔ	세	Se	세
ㅇ＋ㅔ	에	E	에
ㅈ＋ㅔ	제	Je	제
ㅊ＋ㅔ	체	Che	체
ㅋ＋ㅔ	케	Ke	케
ㅌ＋ㅔ	테	Te	테
ㅍ＋ㅔ	페	Pe	페
ㅎ＋ㅔ	헤	He	헤

第五章 子音與雙母音

03 子音＋雙母音（ㅖ）

子音＋雙母音（ㅖ）

請依照筆畫順序正確書寫下列子音＋雙母音（ㅖ）。

子音＋雙母音(ㅖ)	字	英文標記	寫
ㄱ＋ㅖ	계	Gye	계
ㄴ＋ㅖ	네	Nye	네
ㄷ＋ㅖ	뎨	Dye	뎨
ㄹ＋ㅖ	례	Rye	례
ㅁ＋ㅖ	몌	Mye	몌
ㅂ＋ㅖ	볘	Bye	볘
ㅅ＋ㅖ	셰	Sye	셰
ㅇ＋ㅖ	예	Ye	예
ㅈ＋ㅖ	졔	Jye	졔
ㅊ＋ㅖ	쳬	Chye	쳬
ㅋ＋ㅖ	켸	Kye	켸
ㅌ＋ㅖ	톄	Tye	톄
ㅍ＋ㅖ	폐	Pye	폐
ㅎ＋ㅖ	혜	Hye	혜

42

04 子音＋雙母音（ㅘ）

子音＋雙母音（ㅘ）

請依照筆畫順序正確書寫下列子音＋雙母音（ㅘ）。

子音＋雙母音(ㅘ)	字	英文標記	寫
ㄱ＋ㅘ	과	Gwa	과
ㄴ＋ㅘ	놔	Nwa	놔
ㄷ＋ㅘ	돠	Dwa	돠
ㄹ＋ㅘ	롸	Rwa	롸
ㅁ＋ㅘ	뫄	Mwa	뫄
ㅂ＋ㅘ	봐	Bwa	봐
ㅅ＋ㅘ	솨	Swa	솨
ㅇ＋ㅘ	와	Wa	와
ㅈ＋ㅘ	좌	Jwa	좌
ㅊ＋ㅘ	촤	Chwa	촤
ㅋ＋ㅘ	콰	Kwa	콰
ㅌ＋ㅘ	톼	Twa	톼
ㅍ＋ㅘ	퐈	Pwa	퐈
ㅎ＋ㅘ	화	Hwa	화

05 子音＋雙母音（ㅙ）

子音＋雙母音（ㅙ）

請依照筆畫順序正確書寫下列子音＋雙母音（ㅙ）。

子音＋雙母音(ㅙ)	字	英文標記	寫
ㄱ＋ㅙ	괘	Gwae	괘
ㄴ＋ㅙ	놰	Nwae	놰
ㄷ＋ㅙ	돼	Dwae	돼
ㄹ＋ㅙ	뢔	Rwae	뢔
ㅁ＋ㅙ	뫠	Mwae	뫠
ㅂ＋ㅙ	봬	Bwae	봬
ㅅ＋ㅙ	쇄	Swae	쇄
ㅇ＋ㅙ	왜	Wae	왜
ㅈ＋ㅙ	좨	Jwae	좨
ㅊ＋ㅙ	쵀	Chwae	쵀
ㅋ＋ㅙ	쾌	Kwae	쾌
ㅌ＋ㅙ	퇘	Twae	퇘
ㅍ＋ㅙ	퐤	Pwae	퐤
ㅎ＋ㅙ	홰	Hwae	홰

06 子音＋雙母音（ㅚ）

子音＋雙母音（ㅚ）

請依照筆畫順序正確書寫下列子音＋雙母音（ㅚ）。

子音＋雙母音(ㅚ)	字	英文標記	寫
ㄱ＋ㅚ	괴	Goe	괴
ㄴ＋ㅚ	뇌	Noe	뇌
ㄷ＋ㅚ	되	Doe	되
ㄹ＋ㅚ	뢰	Roe	뢰
ㅁ＋ㅚ	뫼	Moe	뫼
ㅂ＋ㅚ	뵈	Boe	뵈
ㅅ＋ㅚ	쇠	Soe	쇠
ㅇ＋ㅚ	외	Oe	외
ㅈ＋ㅚ	죄	Joe	죄
ㅊ＋ㅚ	최	Choe	최
ㅋ＋ㅚ	쾨	Koe	쾨
ㅌ＋ㅚ	퇴	Toe	퇴
ㅍ＋ㅚ	푀	Poe	푀
ㅎ＋ㅚ	회	Hoe	회

07 子音＋雙母音（ㅟ）

子音＋雙母音（ㅟ）

請依照筆畫順序正確書寫下列子音＋雙母音（ㅝ）。

子音＋雙母音(ㅝ)	字	英文標記	寫
ㄱ＋ㅝ	궈	Gwo	궈
ㄴ＋ㅝ	눠	Nwo	눠
ㄷ＋ㅝ	둬	Dwo	둬
ㄹ＋ㅝ	뤄	Rwo	뤄
ㅁ＋ㅝ	뭐	Mwo	뭐
ㅂ＋ㅝ	붜	Bwo	붜
ㅅ＋ㅝ	숴	Swo	숴
ㅇ＋ㅝ	워	Wo	워
ㅈ＋ㅝ	줘	Jwo	줘
ㅊ＋ㅝ	춰	Chwo	춰
ㅋ＋ㅝ	쿼	Kwo	쿼
ㅌ＋ㅝ	퉈	Two	퉈
ㅍ＋ㅝ	풔	Pwo	풔
ㅎ＋ㅝ	훠	Hwo	훠

08 子音＋雙母音（ㅟ）

子音＋雙母音（ㅟ）

請依照筆畫順序正確書寫下列子音＋雙母音（ㅟ）。

子音＋雙母音(ㅟ)	字	英文標記	寫
ㄱ＋ㅟ	귀	Gwi	귀
ㄴ＋ㅟ	뉘	Nwi	뉘
ㄷ＋ㅟ	뒤	Dwi	뒤
ㄹ＋ㅟ	뤼	Rwi	뤼
ㅁ＋ㅟ	뮈	Mwi	뮈
ㅂ＋ㅟ	뷔	Bwi	뷔
ㅅ＋ㅟ	쉬	Swi	쉬
ㅇ＋ㅟ	위	Wi	위
ㅈ＋ㅟ	쥐	Jwi	쥐
ㅊ＋ㅟ	취	Chwi	취
ㅋ＋ㅟ	퀴	Kwi	퀴
ㅌ＋ㅟ	튀	Twi	튀
ㅍ＋ㅟ	퓌	Pwi	퓌
ㅎ＋ㅟ	휘	Hwi	휘

09 子音＋雙母音（ㅢ）

子音＋雙母音（ㅢ）

請依照筆畫順序正確書寫下列子音＋雙母音（ㅢ）。

子音＋雙母音(ㅢ)	字	英文標記	寫
ㄱ＋ㅢ	긔	Gui	긔
ㄴ＋ㅢ	늬	Nui	늬
ㄷ＋ㅢ	듸	Dui	듸
ㄹ＋ㅢ	릐	Rui	릐
ㅁ＋ㅢ	믜	Mui	믜
ㅂ＋ㅢ	븨	Bui	븨
ㅅ＋ㅢ	싀	Sui	싀
ㅇ＋ㅢ	의	Ui	의
ㅈ＋ㅢ	즤	Jui	즤
ㅊ＋ㅢ	츼	Chui	츼
ㅋ＋ㅢ	킈	Kui	킈
ㅌ＋ㅢ	틔	Tui	틔
ㅍ＋ㅢ	픠	Pui	픠
ㅎ＋ㅢ	희	Hui	희

＊並非所有子音遇到雙母音「ㅢ」都能正確發聲，當遇到發音有困難的字時，韓國人會將「ㅢ」唸為「이」。以「씌우다」為例，發音時因為發音上的困難不會唸成「씌우다」，而是唸成［씨우다］。

10 終聲有ㄱ（기역）的字

終聲ㄱ（기역）

請依照筆畫順序正確書寫下列加入終聲ㄱ（기역）的字。

終聲ㄱ(기역)	字	英文標記	寫
가+ㄱ	각	Gak	각
나+ㄱ	낙	Nak	낙
다+ㄱ	닥	Dak	닥
라+ㄱ	락	Rak	락
마+ㄱ	막	Mak	막
바+ㄱ	박	Bak	박
사+ㄱ	삭	Sak	삭
아+ㄱ	악	Ak	악
자+ㄱ	작	Jak	작
차+ㄱ	착	Chak	착
카+ㄱ	칵	Kak	칵
타+ㄱ	탁	Tak	탁
파+ㄱ	팍	Pak	팍
하+ㄱ	학	Hak	학

第五章 子音與雙母音

11 終聲有ㄴ（니은）的字

終聲ㄴ（니은）

請依照筆畫順序正確書寫下列加入終聲ㄴ（니은）的字。

終聲ㄴ（니은）	字	英文標記	寫
가+ㄴ	간	Gan	간
나+ㄴ	난	Nan	난
다+ㄴ	단	Dan	단
라+ㄴ	란	Ran	란
마+ㄴ	만	Man	만
바+ㄴ	반	Ban	반
사+ㄴ	산	San	산
아+ㄴ	안	An	안
자+ㄴ	잔	Jan	잔
차+ㄴ	찬	Chan	찬
카+ㄴ	칸	Kan	칸
타+ㄴ	탄	Tan	탄
파+ㄴ	판	Pan	판
하+ㄴ	한	Han	한

12 終聲有 ㄷ（디귿）的字

終聲 ㄷ（디귿）

請依照筆畫順序正確書寫下列加入終聲 ㄷ（디귿）的字。

終聲 ㄷ（디귿）	字	英文標記	寫
가 + ㄷ	갇	Gat	갇
나 + ㄷ	낟	Nat	낟
다 + ㄷ	닫	Dat	닫
라 + ㄷ	랃	Rat	랃
마 + ㄷ	맏	Mat	맏
바 + ㄷ	받	Bat	받
사 + ㄷ	삳	Sat	삳
아 + ㄷ	앋	At	앋
자 + ㄷ	잗	Jat	잗
차 + ㄷ	찯	Chat	찯
카 + ㄷ	칻	Kat	칻
타 + ㄷ	탇	Tat	탇
파 + ㄷ	팓	Pat	팓
하 + ㄷ	핟	Hat	핟

第五章 子音與雙母音

13 終聲有ㄹ（리을）的字

終聲ㄹ（리을）

請依照筆畫順序正確書寫下列加入終聲ㄹ（리을）的字。

終聲ㄹ（리을）	字	英文標記	寫
가+ㄹ	갈	Gal	갈
나+ㄹ	날	Nal	날
다+ㄹ	달	Dal	달
라+ㄹ	랄	Ral	랄
마+ㄹ	말	Mal	말
바+ㄹ	발	Bal	발
사+ㄹ	살	Sal	살
아+ㄹ	알	Al	알
자+ㄹ	잘	Jal	잘
차+ㄹ	찰	Chal	찰
카+ㄹ	칼	Kal	칼
타+ㄹ	탈	Tal	탈
파+ㄹ	팔	Pal	팔
하+ㄹ	할	Hal	할

14 終聲有ㅁ（미음）的字

終聲ㅁ（미음）

請依照筆畫順序正確書寫下列加入終聲ㅁ（미음）的字。

終聲ㅁ（미음）	字	英文標記	寫
가+ㅁ	감	Gam	감
나+ㅁ	남	Nam	남
다+ㅁ	담	Dam	담
라+ㅁ	람	Ram	람
마+ㅁ	맘	Mam	맘
바+ㅁ	밤	Bam	밤
사+ㅁ	삼	Sam	삼
아+ㅁ	암	Am	암
자+ㅁ	잠	Jam	잠
차+ㅁ	참	Cham	참
카+ㅁ	캄	Kam	캄
타+ㅁ	탐	Tam	탐
파+ㅁ	팜	Pam	팜
하+ㅁ	함	Ham	함

15 終聲有 ㅂ（비읍）的字

終聲 ㅂ（비읍）

請依照筆畫順序正確書寫下列加入終聲 ㅂ（비읍）的字。

終聲 ㅂ（비읍）	字	英文標記	寫
가 + ㅂ	갑	Gap	갑
나 + ㅂ	납	Nap	납
다 + ㅂ	답	Dap	답
라 + ㅂ	랍	Rap	랍
마 + ㅂ	맙	Map	맙
바 + ㅂ	밥	Bap	밥
사 + ㅂ	삽	Sap	삽
아 + ㅂ	압	Ap	압
자 + ㅂ	잡	Jap	잡
차 + ㅂ	찹	Chap	찹
카 + ㅂ	캅	Kap	캅
타 + ㅂ	탑	Tap	탑
파 + ㅂ	팝	Pap	팝
하 + ㅂ	합	Hap	합

16 終聲有ㅅ（시옷）的字

終聲ㅅ（시옷）

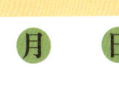

請依照筆畫順序正確書寫下列加入終聲ㅅ（시옷）的字。

終聲ㅅ（시옷）	字	英文標記	寫
가＋ㅅ	갓	Gat	갓
나＋ㅅ	낫	Nat	낫
다＋ㅅ	닷	Dat	닷
라＋ㅅ	랏	Rat	랏
마＋ㅅ	맛	Mat	맛
바＋ㅅ	밧	Bat	밧
사＋ㅅ	삿	Sat	삿
아＋ㅅ	앗	At	앗
자＋ㅅ	잣	Jat	잣
차＋ㅅ	찻	Chat	찻
카＋ㅅ	캇	Kat	캇
타＋ㅅ	탓	Tat	탓
파＋ㅅ	팟	Pat	팟
하＋ㅅ	핫	Hat	핫

第五章 子音與雙母音

17 終聲有ㅇ（이응）的字

終聲ㅇ（이응）

請依照筆畫順序正確書寫下列加入終聲ㅇ（이응）的字。

終聲ㅇ（이응）	字	英文標記	寫
가+ㅇ	강	Gang	강
나+ㅇ	낭	Nang	낭
다+ㅇ	당	Dang	당
라+ㅇ	랑	Rang	랑
마+ㅇ	망	Mang	망
바+ㅇ	방	Bang	방
사+ㅇ	상	Sang	상
아+ㅇ	앙	Ang	앙
자+ㅇ	장	Jang	장
차+ㅇ	창	Chang	창
카+ㅇ	캉	Kang	캉
타+ㅇ	탕	Tang	탕
파+ㅇ	팡	Pang	팡
하+ㅇ	항	Hang	항

18 終聲有ㅈ（지읒）的字

終聲ㅈ（지읒）

請依照筆畫順序正確書寫下列加入終聲ㅈ（지읒）的字。

終聲ㅈ（지읒）	字	英文標記	寫
가+ㅈ	갖	Gat	갖
나+ㅈ	낮	Nat	낮
다+ㅈ	닺	Dat	닺
라+ㅈ	랒	Rat	랒
마+ㅈ	맞	Mat	맞
바+ㅈ	밪	Bat	밪
사+ㅈ	샂	Sat	샂
아+ㅈ	앚	At	앚
자+ㅈ	잦	Jat	잦
차+ㅈ	찾	Chat	찾
카+ㅈ	캊	Kat	캊
타+ㅈ	탖	Tat	탖
파+ㅈ	팢	Pat	팢
하+ㅈ	핫	Hat	핫

19 終聲有ㅊ（치읓）的字

終聲ㅊ（치읓）

請依照筆畫順序正確書寫下列加入終聲ㅊ（치읓）的字。

終聲ㅊ（치읓）	字	英文標記	寫				
가+ㅊ	갗	Gat	갗				
나+ㅊ	낯	Nat	낯				
다+ㅊ	닻	Dat	닻				
라+ㅊ	랓	Rat	랓				
마+ㅊ	맞	Mat	맞				
바+ㅊ	밫	Bat	밫				
사+ㅊ	샃	Sat	샃				
아+ㅊ	앛	At	앛				
자+ㅊ	잦	Jat	잦				
차+ㅊ	찾	Chat	찾				
카+ㅊ	캋	Kat	캋				
타+ㅊ	탗	Tat	탗				
파+ㅊ	팣	Pat	팣				
하+ㅊ	핯	Hat	핯				

20 終聲有ㅋ（키읔）的字

終聲ㅋ（키읔）

請依照筆畫順序正確書寫下列加入終聲ㅋ（키읔）的字。

終聲ㅋ（키읔）	字	英文標記	寫
가+ㅋ	각	Gak	각
나+ㅋ	낙	Nak	낙
다+ㅋ	닥	Dak	닥
라+ㅋ	락	Rak	락
마+ㅋ	막	Mak	막
바+ㅋ	박	Bak	박
사+ㅋ	삭	Sak	삭
아+ㅋ	악	Ak	악
자+ㅋ	작	Jak	작
차+ㅋ	착	Chak	착
카+ㅋ	칵	Kak	칵
타+ㅋ	탁	Tak	탁
파+ㅋ	팍	Pak	팍
하+ㅋ	학	Hak	학

21 終聲有 ㅌ（티읕）的字

終聲 ㅌ（티읕）

請依照筆畫順序正確書寫下列加入終聲 ㅌ（티읕）的字。

終聲 ㅌ（티읕）	字	英文標記	寫
가+ㅌ	갇	Gat	갇
나+ㅌ	낟	Nat	낟
다+ㅌ	닫	Dat	닫
라+ㅌ	랕	Rat	랕
마+ㅌ	맡	Mat	맡
바+ㅌ	밭	Bat	밭
사+ㅌ	샅	Sat	샅
아+ㅌ	앝	At	앝
자+ㅌ	잩	Jat	잩
차+ㅌ	챁	Chat	챁
카+ㅌ	캍	Kat	캍
타+ㅌ	탙	Tat	탙
파+ㅌ	팥	Pat	팥
하+ㅌ	핱	Hat	핱

22 終聲有 ㅍ（피읖）的字

終聲 ㅍ（피읖）

請依照筆畫順序正確書寫下列加入終聲ㅍ（피읖）的字。

終聲ㅍ（피읖）	字	英文標記	寫
가 + ㅍ	갚	Gap	갚
나 + ㅍ	낲	Nap	낲
다 + ㅍ	닾	Dap	닾
라 + ㅍ	랖	Rap	랖
마 + ㅍ	맢	Map	맢
바 + ㅍ	밮	Bap	밮
사 + ㅍ	샆	Sap	샆
아 + ㅍ	앞	Ap	앞
자 + ㅍ	잪	Jap	잪
차 + ㅍ	찹	Chap	찹
카 + ㅍ	캎	Kap	캎
타 + ㅍ	탚	Tap	탚
파 + ㅍ	팦	Pap	팦
하 + ㅍ	핲	Hap	핲

23 終聲有ㅎ（히읗）的字

終聲ㅎ（히읗）

請依照筆畫順序正確書寫下列加入終聲ㅎ（히읗）的字。

終聲ㅎ（히읗）	字	英文標記	寫
가+ㅎ	갛	Gat	갛
나+ㅎ	낳	Nat	낳
다+ㅎ	닿	Dat	닿
라+ㅎ	랗	Rat	랗
마+ㅎ	맣	Mat	맣
바+ㅎ	밯	Bat	밯
사+ㅎ	샇	Sat	샇
아+ㅎ	앟	At	앟
자+ㅎ	잫	Jat	잫
차+ㅎ	챃	Chat	챃
카+ㅎ	캏	Kat	캏
타+ㅎ	탛	Tat	탛
파+ㅎ	팧	Pat	팧
하+ㅎ	핳	Hat	핳

第六章

主題單字

01 水果

月　日

■ 請依照筆畫順序正確書寫下列單字。

蘋果	사	과					
梨子	배						
香蕉	바	나	나				
草莓	딸	기					
番茄	토	마	토				

01 水果

請依照筆畫順序正確書寫下列單字。

圖	中文	韓文
	西瓜	수박
	水蜜桃	복숭아
	柳橙	오렌지
	橘子	귤
	奇異果	키위

01 水果

■ 請依照筆畫順序正確書寫下列單字。

香瓜	참 외
鳳梨	파 인 애 플
檸檬	레 몬
柿子	감
葡萄	포 도

02 動物

■ 請依照筆畫順序正確書寫下列單字。

圖片	中文	韓文
	鴕鳥	타조
	老虎	호랑이
	鹿	사슴
	貓	고양이
	狐狸	여우

02 動物

■ 請依照筆畫順序正確書寫下列單字。

獅子	사	자
大象	코	끼	리
豬	돼	지
狗	강	아	지
兔子	토	끼

02 動物

■ 請依照筆畫順序正確書寫下列單字。

長頸鹿	기 린
熊	곰
猴子	원 숭 이
狸貓	너 구 리
烏龜	거 북 이

第六章 主題單字 **69**

03 蔬菜

■ 請依照筆畫順序正確書寫下列單字。

白菜	배 추
胡蘿蔔	당 근
大蒜	마 늘
菠菜	시 금 치
水芹菜	미 나 리

03 蔬菜

■ 請依照筆畫順序正確書寫下列單字。

圖片	書寫格
白蘿蔔	무
生菜	상 추
洋蔥	양 파
韭菜	부 추
馬鈴薯	감 자

03 蔬菜

■ 請依照筆畫順序正確書寫下列單字。

小黃瓜	오이
蔥	파
茄子	가지
辣椒	고추
高麗菜	양배추

04 職業

■ 請依照筆畫順序正確書寫下列單字。

圖片	單字
警察	경찰관
消防員	소방관
廚師	요리사
清潔工	환경미화원
畫家	화가

04 職業

■ 請依照筆畫順序正確書寫下列單字。

圖片	韓文
護士	간호사
公司職員	회사원
美髮師	미용사
歌手	가수
小說家	소설가

04 職業

■ 請依照筆畫順序正確書寫下列單字。

醫師	의 사
 老師	선 생 님
 家庭主婦	주 부
 運動選手	운 동 선 수
 郵差	우 편 집 배 원

05 飲食

■ 請依照筆畫順序正確書寫下列單字。

김	치	찌	개				

泡菜鍋

미	역	국					

海帶湯

김	치	볶	음	밥			

泡菜炒飯

돈	가	스					

炸豬排

국	수						

湯麵

05 飲食

■ 請依照筆畫順序正確書寫下列單字。

大醬湯	된	장	찌	개			
烤肉	불	고	기				
紫菜飯捲	김	밥					
泡麵	라	면					
年糕	떡						

05 飲食

■ 請依照筆畫順序正確書寫下列單字。

嫩豆腐鍋	순	두	부	찌	개
拌飯	비	빔	밥		
餃子	만	두			
披薩	피	자			
蛋糕	케	이	크		

06 位置

月　日

■ 請依照筆畫順序正確書寫下列單字。

圖示	單字
前	앞
後	뒤
上	위
下	아래
右	오른쪽

06 位置

■ 請依照筆畫順序正確書寫下列單字。

中文	韓文
左	왼쪽
旁邊	옆
內	안
外	밖
底	밑

06 位置

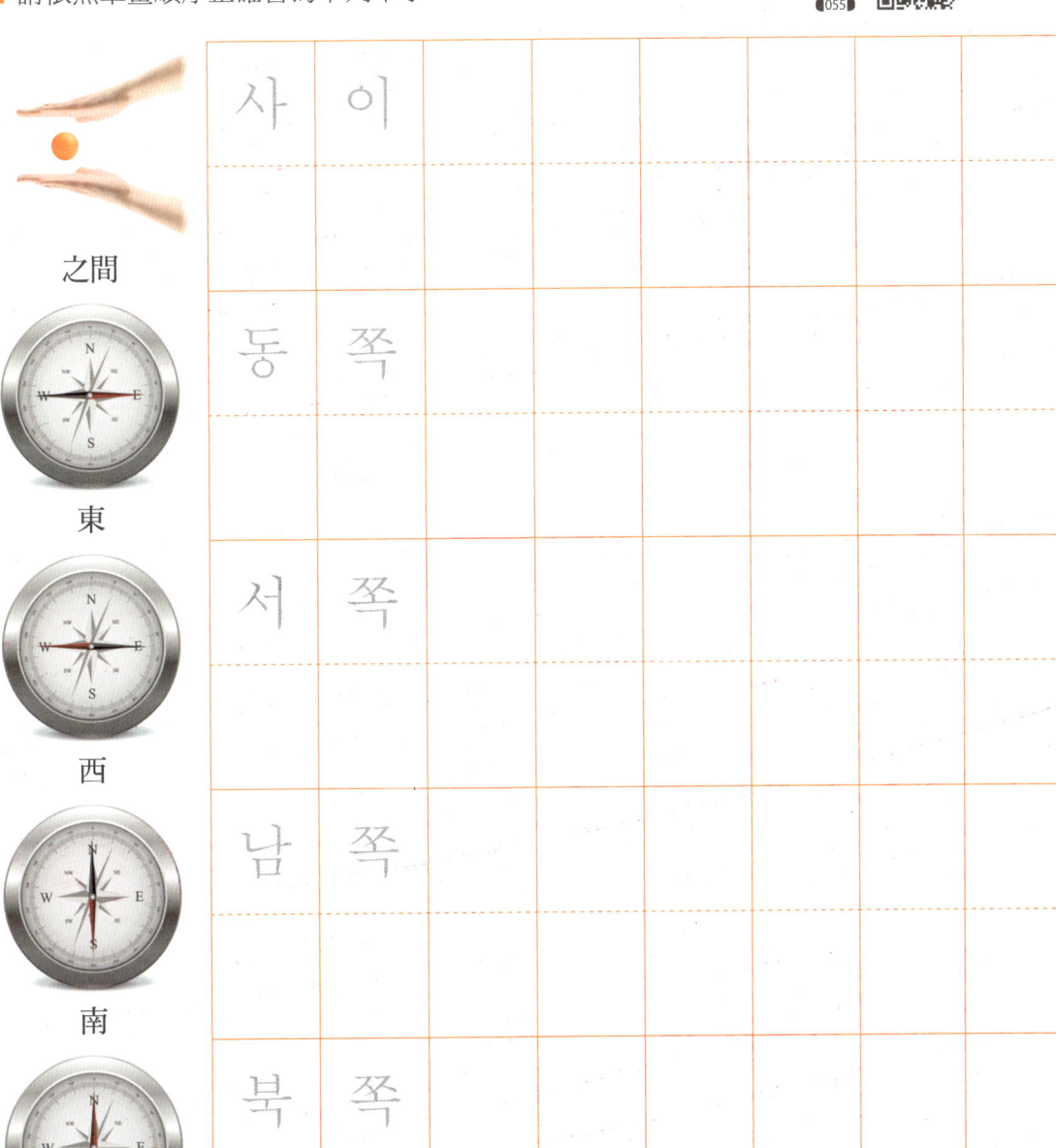

■ 請依照筆畫順序正確書寫下列單字。

中文	韓文
之間	사이
東	동쪽
西	서쪽
南	남쪽
北	북쪽

07 交通工具

■ 請依照筆畫順序正確書寫下列單字。

圖片	書寫
巴士	버스
飛機	비행기
船	배
摩托車	오토바이
消防車	소방차

07 交通工具

月　日

■ 請依照筆畫順序正確書寫下列單字。

圖片	中文	韓文
	汽車	자동차
	地鐵	지하철
	火車	기차
	直升機	헬리콥터
	挖土機／怪手	포클레인

07 交通工具

月　日

■ 請依照筆畫順序正確書寫下列單字。

圖片	韓文
計程車	택시
腳踏車	자전거
卡車	트럭
救護車	구급차
熱氣球	기구

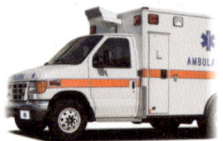

08 場所

■ 請依照筆畫順序正確書寫下列單字。

圖片	中文	韓文
	家	집
	學校	학교
	百貨公司	백화점
	郵局	우체국
	藥局	약국

第六章 主題單字 • 85

08 場所

■ 請依照筆畫順序正確書寫下列單字。

市場	시	장					
餐廳	식	당					
超市	슈	퍼	마	켓			
書店	서	점					
公園	공	원					

08 場所

■ 請依照筆畫順序正確書寫下列單字。

圖片	中文	韓文
	銀行	은행
	醫院	병원
	文具店	문구점
	美容院	미용실
	劇院	극장

09 季節、天氣

■ 請依照筆畫順序正確書寫下列單字。

春	봄
夏	여름
秋	가을
冬	겨울
晴朗	맑다

09 季節、天氣

■ 請依照筆畫順序正確書寫下列單字。

圖片	韓文
陰天	흐리다
颱風	바람이 분다
下雨	비가 온다
雨停	비가 그친다
下雪	눈이 온다

09 季節、天氣

■ 請依照筆畫順序正確書寫下列單字。

圖	韓文
多雲	구름이 낀다
熱	덥다
冷	춥다
溫暖	따뜻하다
涼爽	시원하다

10 家中物品

月　日

■ 請依照筆畫順序正確書寫下列單字。

圖片	單字
沙發	소파
浴缸	욕조
鏡子	거울
蓮蓬頭	샤워기
馬桶	변기

10 家中物品

■ 請依照筆畫順序正確書寫下列單字。

싱	크	대				

洗碗槽

부	엌					

廚房

거	실					

客廳

안	방					

臥室

옷	장					

衣櫃

10 家中物品

■ 請依照筆畫順序正確書寫下列單字。

梳妝台	화	장	대
餐桌	식	탁	
書櫃	책	장	
小房間	작	은	방
床	침	대	

11 家庭稱謂

■ 請依照筆畫順序正確書寫下列單字。

奶奶	할	머	니					
爺爺	할	아	버	지				
父親	아	버	지					
母親	어	머	니					
哥哥（女性稱呼）	오	빠						

11 家庭稱謂

■ 請依照筆畫順序正確書寫下列單字。

圖片	中文	韓文
	哥哥（男性稱呼）	형
	我	나
	弟弟	남동생
	妹妹	여동생
	姊姊（女性稱呼）	언니

11 家庭稱謂

■ 請依照筆畫順序正確書寫下列單字。

姊姊（男性稱呼）	누	나						
叔叔	삼	촌						
姑姑	고	모						
阿姨	이	모						
姨丈	이	모	부					

12 學習用品

■ 請依照筆畫順序正確書寫下列單字。

筆記本	공책
素描本	스케치북
彩色鉛筆	색연필
剪刀	가위
膠水、口紅膠	풀

12 學習用品

月　日

■ 請依照筆畫順序正確書寫下列單字。

일	기	장					

日記本

연	필						

鉛筆

칼							

美工刀

물	감						

顏料

자							

尺

12 學習用品

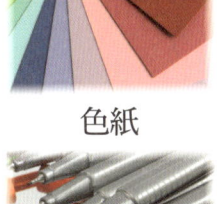

■ 請依照筆畫順序正確書寫下列單字。

圖	中文	韓文
	色紙	색종이
	簽字筆	사인펜
	蠟筆	크레파스
	毛筆	붓
	橡皮擦	지우개

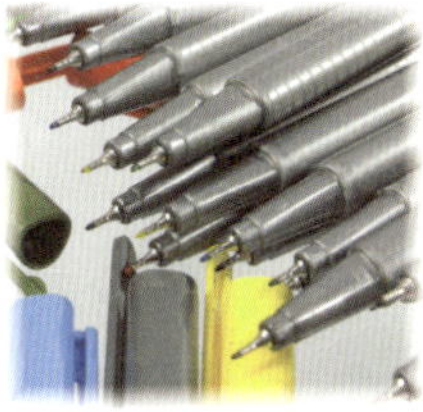

13 花

月　日

■ 請依照筆畫順序正確書寫下列單字。

圖	韓文
玫瑰	장미
杜鵑	진달래
蒲公英	민들레
牽牛花	나팔꽃
雞冠花	맨드라미

13 花

■ 請依照筆畫順序正確書寫下列單字。

圖片	韓文	中文
	개나리	野百合
	벚꽃	櫻花
	채송화	半支蓮
	국화	菊花
	무궁화	無窮花

13 花

■ 請依照筆畫順序正確書寫下列單字。

圖片	單字
鬱金香	튤립
鳳仙花	봉숭아
向日葵	해바라기
康乃馨	카네이션
大波斯菊	코스모스

14 國家名稱

■ 請依照筆畫順序正確書寫下列單字。

國旗	韓文
韓國	한 국
菲律賓	필 리 핀
日本	일 본
柬埔寨	캄 보 디 아
阿富汗	아 프 가 니 스 탄

14 國家名稱

■ 請依照筆畫順序正確書寫下列單字。

國旗	中文	韓文
	中國	중국
	泰國	태국
	越南	베트남
	印度	인도
	英國	영국

14 國家名稱

■ 請依照筆畫順序正確書寫下列單字。

國旗	中文	韓文
	美國	미국
	蒙古	몽골
	烏茲別克	우즈베키스탄
	俄羅斯	러시아
	加拿大	캐나다

15 樂器

■ 請依照筆畫順序正確書寫下列單字。

吉他	기 타
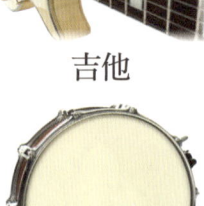 鼓	북
 三角鐵	트 라 이 앵 글
 口琴	하 모 니 카
 鑼	징

15 樂器

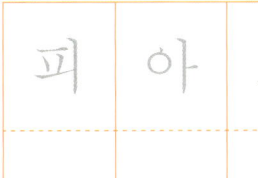

■ 請依照筆畫順序正確書寫下列單字。

圖	韓文
 鋼琴	피아노
 鈴鼓	탬버린
 喇叭	나팔
 長鼓	장구
 手鼓	소고

15 樂器

■ 請依照筆畫順序正確書寫下列單字。

笛子	피	리						
木琴	실	로	폰					
小提琴	바	이	올	린				
小鑼	꽹	과	리					
伽倻琴	가	야	금					

16 服裝

■ 請依照筆畫順序正確書寫下列單字。

T恤	티	셔	츠			
褲子	바	지				
夾克	점	퍼				
正式服裝	정	장				
白襯衫	와	이	셔	츠		

16 服裝

月　日

■ 請依照筆畫順序正確書寫下列單字。

短褲	반	바	지			
大衣	코	트				
校服	교	복				
雪紡襯衫	블	라	우	스		
牛仔褲	청	바	지			

110

16 服裝

■ 請依照筆畫順序正確書寫下列單字。

圖片	單字
西裝	양복
工作服	작업복
毛衣	스웨터
裙子	치마
韓服	한복

17 顔色

■ 請依照筆畫順序正確書寫下列單字。

紅色	빨	간	색						
橘色	주	황	색						
草綠色	초	록	색						
黃色	노	란	색						
藍色	파	란	색						

17 顏色

■ 請依照筆畫順序正確書寫下列單字。

顏色	韓文
紫色	보라색
粉紅色	분홍색
天空藍	하늘색
褐色	갈색
黑色	검은색

18 興趣

月　日

■ 請依照筆畫順序正確書寫下列單字。

요	리					

烹飪

노	래					

歌曲

등	산					

登山

영	화	감	상			

電影欣賞

낚	시					

釣魚

114

18 興趣

■ 請依照筆畫順序正確書寫下列單字。

音樂欣賞	음악감상
遊戲	게임
兜風	드라이브
旅行	여행
閱讀	독서

18 興趣

月　日

■ 請依照筆畫順序正確書寫下列單字。

購物	쇼	핑						
運動	운	동						
游泳	수	영						
攝影	사	진	촬	영				
演奏樂器	악	기	연	주				

19 運動

■ 請依照筆畫順序正確書寫下列單字。

圖	中文	韓文
	 棒球	야구
	 排球	배구
	 足球	축구
	 桌球	탁구
	 籃球	농구

19 運動

■ 請依照筆畫順序正確書寫下列單字。

골	프					

高爾夫

스	키					

滑雪

수	영					

游泳

권	투					

拳擊

씨	름					

摔角

19 運動

請依照筆畫順序正確書寫下列單字。

網球	테	니	스		
（西式）摔角	레	슬	링		
跆拳道	태	권	도		
羽毛球	배	드	민	턴	
滑冰	스	케	이	트	

20 動作用語1

■ 請依照筆畫順序正確書寫下列單字。

圖片	書寫欄
 去、走	가다
 來	오다
 吃	먹다
 買	사다
 讀	읽다

20 動作用語1

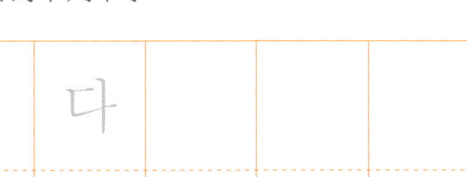

■ 請依照筆畫順序正確書寫下列單字。

圖片	中文	韓文
	洗	씻다
	睡	자다
	看	보다
	工作	일하다
	見面	만나다

第六章 主題單字 • 121

20 動作用語1

■ 請依照筆畫順序正確書寫下列單字。

圖片	書寫
喝	마시다
洗衣服	빨래하다
打掃	청소하다
烹飪	요리하다
讀書	공부하다

21 動作用語2

■ 請依照筆畫順序正確書寫下列單字。

圖	詞
踢球	공을 차다
刷牙	이를 닦다
洗澡	목욕을 하다
洗臉	세수를 하다
爬山	등산을 하다

21 動作用語2

■ 請依照筆畫順序正確書寫下列單字。

머	리	를		감	다

洗頭

영	화	를		보	다

看電影

공	원	에		가	다

去公園

여	행	을		하	다

旅行

산	책	을		하	다

散步

21 動作用語2

■ 請依照筆畫順序正確書寫下列單字。

圖片	單字
游泳	수영을 하다
購物	쇼핑을 하다
拍照	사진을 찍다
淋浴	샤워를 하다
聊天	이야기를 하다

22 動作用語3

■ 請依照筆畫順序正確書寫下列單字。

圖	韓文
玩	놀다
睡	자다
休息	쉬다
寫	쓰다
聽	듣다

22 動作用語3

■ 請依照筆畫順序正確書寫下列單字。

圖	單字
關（門）	닫다
開	켜다
站	서다
坐	앉다
關（燈）	끄다

22 動作用語3

■ 請依照筆畫順序正確書寫下列單字。

打開	열다
出來	나오다
學習	배우다
進去	들어가다
教	가르치다

22 動作用語3

■ 請依照筆畫順序正確書寫下列單字。

圖	單字
呼喚	부르다
奔跑	달리다
爬	기다
跳躍	날다
撓、抓	긁다

22 動作用語3

■ 請依照筆畫順序正確書寫下列單字。

拍（照）	찍다
 張開、劈開	벌리다
養育	키우다
更換	갈다
擦拭	닦다

23 量詞

月　日

■ 請依照筆畫順序正確書寫下列單字。

圖片	單字
個	개
台（車）	대
艘	척
朵	송이
棵、株	그루

23 量詞

請依照筆畫順序正確書寫下列單字。

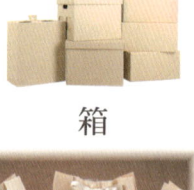

圖	書寫
箱	상자
包、袋	봉지
張	장
瓶	병
支、把	자루

23 量詞

■ 請依照筆畫順序正確書寫下列單字。

套	벌
雙	결레
本	권
隻	마리
杯	잔

23 量詞

請依照筆畫順序正確書寫下列單字。

圖	字
棟	채
名	명
桶	통
袋	가마
帖	첩

24 修飾用語(1)

■ 請依照筆畫順序正確書寫下列單字。

多	많다
少	적다
大	크다
小	작다
貴	비싸다

第六章 主題單字 · 135

24 修飾用語(1)

■ 請依照筆畫順序正確書寫下列單字。

圖	單字
便宜	싸다
長	길다
短	짧다
快	빠르다
慢	느리다

24 修飾用語(1)

■ 請依照筆畫順序正確書寫下列單字。

粗	굵다
細	가늘다
亮	밝다
暗	어둡다
好	좋다

25 修飾用語(2)

■ 請依照筆畫順序正確書寫下列單字。

辣	맵다
 酸	시다
 輕	가볍다
 窄	좁다
 溫暖	따뜻하다

25 修飾用語(2)

■ 請依照筆畫順序正確書寫下列單字。

圖	韓文
鹹	짜다
苦	쓰다
重	무겁다
深	깊다
冷、涼	차갑다

25 修飾用語(2)

■ 請依照筆畫順序正確書寫下列單字。

圖	單字
甜	달다
淡	싱겁다
寬	넓다
淺	얕다
可愛	귀엽다

26 表達心情

■ 請依照筆畫順序正確書寫下列單字。

圖片	中文	韓文
	高興	기쁘다
	悲傷	슬프다
	生氣	화나다
	驚訝	놀라다
	困難	곤란하다

26 表達心情

■ 請依照筆畫順序正確書寫下列單字。

圖片	中文	韓文
	好奇	궁금하다
	厭倦	지루하다
	害羞	부끄럽다
	疲倦	피곤하다
	興奮	신나다

27 敬語

■ 請依照筆畫順序正確書寫下列單字。

집	
댁	

家→府上

밥	
진	지

飯→餐、膳

병	
병	환

病→清恙

말	
말	씀

話→「話」的敬語

나	이
연	세

年紀→貴庚、芳齡、高壽

27 敬語

請依照筆畫順序正確書寫下列單字。

생	일					
생	신					
있	다					
계	시	다				
먹	다					
드	시	다				
자	다					
주	무	시	다			
주	다					
드	리	다				

生日→壽辰
在→「在」的敬語
吃→用
睡覺→就寢
給→呈、獻

28 同音字(1)

■ 請依照筆畫順序正確書寫下列單字。

圖片	中文
眼睛	雪
腳	窗簾
夜晚	栗子
車	茶
雨	掃帚

눈

발

밤

차

비

第六章 主題單字 • 145

28 同音字(1)

■ 請依照筆畫順序正確書寫下列單字。

馬	話
懲罰	蜜蜂
桌子	獎
牡蠣	隧道
船	肚子

말					
벌					
상					
굴					
배					

28 同音字(1)

月　日

■ 請依照筆畫順序正確書寫下列單字。

圖片	圖片	書寫格
橋	腿	다리
幼崽	草繩	새끼
石頭	周歲	돌
病	瓶	병
風	希望	바람

29 同音字(2)

■ 請依照筆畫順序正確書寫下列單字。

圖	中文	韓文
	醒 / 打破	깨 다
	埋 / 問	묻 다
	便宜 / 尿、拉	싸 다
	數 / 強、厲害	세 다
	涼 / 滿	차 다

148

29 同音字(2)

■ 請依照筆畫順序正確書寫下列單字。

正確　　被打、挨打

取得　　聞

寫　　　苦

맞	다				
맡	다				
쓰	다				

30 擬聲詞

■ 請依照筆畫順序正確書寫下列單字。

어	흥						

吼

꿀	꿀						

嚄嚄

야	옹						

喵

 꼬	꼬	댁					

咯咯

꽥	꽥						

呱呱

30 擬聲詞

■ 請依照筆畫順序正確書寫下列單字。

圖片	書寫
嗡	붕
唧唧	매엠
轆轆	부르릉
叮咚	딩동
叭叭	빠빠

台灣廣廈 Taiwan Mansion International Group

國家圖書館出版品預行編目（CIP）資料

> 我的第一本韓語四十音 字母記憶+手寫練習/權容璿著.
> -- 2版. -- 新北市：國際學村出版社, 2025.07
> 　　面；　公分
> 　ISBN 978-986-454-429-5(平裝)
>
> 1.CST: 韓語 2.CST: 發音 3.CST: 詞彙
>
> 803.24　　　　　　　　　　　　　114005329

國際學村

我的第一本韓語四十音｜字母記憶+手寫練習｜〔附QR碼線上音檔〕

作　　　者／權容璿	編輯中心編輯長／伍峻宏
	編輯／邱麗儒
	封面設計／林珈仔・內頁排版／菩薩蠻數位文化有限公司
	製版・印刷・裝訂／東豪・弼聖・秉成

行企研發中心總監／陳冠蒨	線上學習中心總監／陳冠蒨
媒體公關組／陳柔彣	企製開發組／張哲剛
綜合業務組／何欣穎	

發 行 人／江媛珍
法 律 顧 問／第一國際法律事務所 余淑杏律師・北辰著作權事務所 蕭雄淋律師
出　　　版／國際學村
發　　　行／台灣廣廈有聲圖書有限公司
　　　　　　地址：新北市235中和區中山路二段359巷7號2樓
　　　　　　電話：(886) 2-2225-5777・傳真：(886) 2-2225-8052
讀者服務信箱／cs@booknews.com.tw

代理印務・全球總經銷／知遠文化事業有限公司
　　　　　　地址：新北市222深坑區北深路三段155巷25號5樓
　　　　　　電話：(886) 2-2664-8800・傳真：(886) 2-2664-8801
郵 政 劃 撥／劃撥帳號：18836722
　　　　　　劃撥戶名：知遠文化事業有限公司（※單次購書金額未達1000元，請另付70元郵資。）

■出版日期：2025年07月　　ISBN：978-986-454-429-5
■版次：2版　　　　　　　 版權所有，未經同意不得重製、轉載、翻印。

외국인을 위한 기초 한글배우기
Copyright © 2016 by Youg Sun Kwon
All rights reserved.
Original Korean edition published by Hongik Edu.
Chinese(complex) Translation rights arranged with Hongik Edu.
Chinese(complex) Translation Copyright © 2025 by Taiwan Mansion Publishing Co., Ltd.
through M.J. Agency, in Taipei.